La galette
à l'escampette

Pour Suzanne et Juliette

ISBN 978-2-211-22087-3
Première édition dans la collection *lutin poche* : décembre 2014
© 2014, l'école des loisirs, Paris, pour l'édition en *lutin poche*
© 2012, kaléidoscope, Paris
Loi numéro 49 956 du 16 juillet 1949 sur les publications
destinées à la jeunesse : septembre 2012
Dépôt légal : décembre 2014
Imprimé en France par Pollina à Luçon - L70071

Geoffroy de Pennart

La galette à l'escampette

kaléidoscope
lutin poche de l'école des loisirs
11, rue de Sèvres, Paris 6e

Monsieur Lapin prépare
le gâteau d'anniversaire de Mère-Grand.

Une galette. C'est sa spécialité. « Une petite touche exotique
la rendrait plus festive », se dit-il en attrapant la boîte d'épices
offerte par madame Broutchou. « Ce flacon m'a l'air sympathique,
voyons voir… poudre d'escampette. Le nom fleure les vacances
et l'odeur est exquise, quelques pincées et hop, au four ! »

La galette est bientôt cuite. Hum! Magnifique!
Vite, monsieur Lapin la met à refroidir sur le rebord de la fenêtre;
les invités ne vont plus tarder maintenant. Monsieur Lapin
se réjouit de réunir ses amis autour de Mère-Grand.
«Nous allons nous régaler!»

Mais la galette ne l'entend pas de cette oreille !
Elle se laisse glisser jusqu'au sol, roule, roule…

… et se sauve en chantant.
Monsieur Lapin se lance à sa poursuite.

La galette croise les Trois Petits Cochons
qui se lèchent le museau en la voyant.
«Vite, les gars, attrapez-la!» leur crie monsieur Lapin.

La course folle se poursuit avec maintenant quatre amis
derrière la galette qui file, file comme le vent
en chantonnant gaiement.

Elle croise madame Broutchou et ses sept biquets

qui aimeraient bien l'attraper…

mais…

... la course folle se poursuit
avec huit amis supplémentaires.

La galette file, file, tralalalalère, sous le nez de Petit Agneau.
Elle lui glisse entre les pattes en chantonnant le même air.

Petit Agneau court ventre à terre
mais la galette fend la bise.

Je suis la galette,
la galette à l'escampette.
Tu es peut-être intrépide,
mais moi, je suis plus rapide.
Tu peux jouer le fier-à-bras,
jamais tu ne m'attraperas…

Elle croise Petit Pierre…

... qui ne résiste pas au délicieux défi.

Enfin ! Chapeau rond rouge au beau milieu du chemin
n'a plus qu'à tendre les mains…

Je suis la galette,
la galette à l'escampette.
Je suis moelleuse et sucrée,
un délice à savourer.
Si tu veux me déguster,
tu dois d'abord m'attraper…

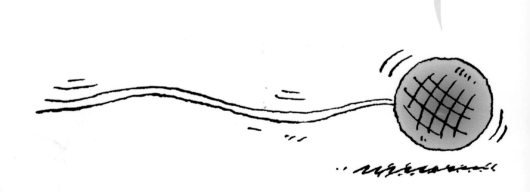

Mais non ! La galette file, file comme la lumière
en chantonnant le même air.

« Sans façon, la galette », dit Igor, « je n'ai pas faim.
Tu peux passer ton chemin. »

Surprise, et même vexée,
la galette pile net aux pieds d'Igor.
«Ne le prends pas mal, Galette!
Pour une galette, tu es très chouette!

Mais moi, ce que j'aime, c'est le lapin en gibelotte,
le chevreau en matelote, l'agneau en cocotte,
le cochon ravigote ou, le cas échéant,
un enfant tendre et dodu…

**... OU ALORS UNE BONNE GROSSE
GALETTE QUAND IL N'Y A RIEN D'AUTRE
À SE METTRE SOUS LA DENT ! »**

Il ouvre une large gueule et…

POUEEEÊÊÊÊT ! BING !

Mère-Grand écrase son klaxon et ses freins.

Mais elle heurte Igor qui fait valser la galette !
Heureusement, Chapeau rond rouge la bloque en plein vol.

PFFF...
PFFFF...

PFFF...
PFFFF...

« Misère de misère ! » s'écrie Mère-Grand. « Pauvre bête !
Mais aussi, a-t-on idée
de rester planté au milieu de la route ? »

« Grâce au ciel, il n'a rien. Il est seulement étourdi.
Ouf ! Plus de peur que de mal ! »

Les poursuivants arrivent enfin, hors d'haleine.
Ils ont juste assez de souffle pour souhaiter tous en chœur
un joyeux anniversaire à Mère-Grand!

SAIRE ! PFFFF... PFFFF...

IVERSAIRE ! PFFFF... PFFFF...

SAIRE ! MÈRE-GRAND !

VERSAIRE ! PFFFF... PFFFF...

« Merci ! Merci, mes amis ! Mais je m'étonne.
N'avions-nous pas rendez-vous chez monsieur Lapin ? »

« C'est la galette qui… » tente d'expliquer monsieur Lapin.
Mère-Grand l'interrompt : « Après tout, peu importe,
puisque nous sommes tous réunis,

nous n'avons qu'à pique-niquer ici…
Bien entendu, monsieur le loup, vous êtes notre invité.
Aimez-vous la galette ?»
FIN